日本の名詩を読みかえす

高橋順子●編・解説
葉 祥明・林 静一
ながたはるみ●絵

いそっぷ社

日本の名詩を読みかえす

日本の名詩を読みかえす・目次

薔薇二曲

北原白秋

一

薔薇《バラ》ノ木ニ
薔薇《バラ》ノ花サク。

ナニゴトノ不思議ナケレド。

二

薔薇ノ花。
ナニゴトノ不思議ナケレド。

照り極マレバ木ヨリコボルル。
光リコボルル。

野晒

北原白秋

死ナムトスレバイヨイヨニ
命恋シクナリニケリ、
身ヲ野晒《ノザラシ》ニナシハテテ、
マコトノ涙イマゾ知ル。

人妻ユヱニヒトノミチ
汚《ケガ》シハテタルワレナレバ、
トメテトマラヌ煩悩《ボンナウ》ノ
罪ノヤミヂニフミマヨフ。

白鷺

北原白秋

白鷺《しらさぎ》は、その一羽、
睡蓮《すゐれん》の花を食《は》み、
水を食み、
かうかうとありくなり。

白鷺は貴《たふと》くて、
身のほそり煙るなり、
冠毛《かむりげ》の払子《ほっす》曳《ひ》く白、
へうとして、空にあるなり。

白鷺はまじろがず、
日をあさり、おのれ啼《な》くなり、
幽《かす》かなり、脚《あし》のひとつに
蓮《はす》の実を超《こ》えて立つなり。

北原白秋（一八八五―一九四二）は詩の他に、短歌、童謡、民謡など広い分野に卓抜した才能を示し、「国民詩人」「言葉の魔術師」「浪漫派の詩王」などとさまざまに称えられた詩人です。頭の先から爪先までまじりけなしの純《じゅん》乎《こ》とした詩人が白秋でした。福岡県の美しい水郷・柳川で、酒造業を営む旧家に生まれ育ちました。

代表詩集は『邪宗門』（一九〇九年）、『思ひ出』（一九一一年）などですが、私は白秋の転機を示した『白金《ハクキン》ノ独楽《コマ》』（一九一四年）に惹かれています。ここに収めた「薔薇二曲」も「野晒」も同書から採りました。

どういう転機だったかといいますと、隣家の女性と恋愛し、彼女の夫から姦《かん》通《つう》罪で告訴され、東京市ヶ谷未決監に二週間拘留されるという深刻な打撃にともなうものでした。当時は姦通罪というものがあったのです。結果は無罪免訴でしたが、当時人気絶頂の詩人に、スキャンダルと郷里の家の破産という二重の不運が襲いかかったのでした。

「薔薇《バラ》ノ木ニ／薔薇《バラ》ノ花サク。〃ナニゴトノ不思議ナケレド。」

この新鮮無垢《むく》な詩は荒れ狂った心の海をなだめようとするときに生まれました。「不思議ナケレド。」と言いつつ、不思議でならないのです。そのとき万物を統《す》べる大いなる力を詩人は鑽仰《さんぎょう》せずにいられなかったのです。最終行の「光リコボルル。」とは、法悦をいうのでしょう。

「野晒」という詩の背景にはいま記した不幸な恋愛事件があります。白秋は自殺を思いさえしました。けれども死のうとすると命は輝きだす。「野晒」とは、髑髏《されこうべ》のことです。髑髏になった自分の姿を思い描いた果てに流す「マコトノ涙」とは、生かされていることのありがたさを知る涙でしょう。

一連が各行七・五の四行詩ですが、これは平安後期の歌謡集『梁塵秘抄《りょうじんひしょう》』に見られる詩型です。この中の仏教歌謡や神歌には光明のさすイメージもしばしば見られるところから、本書の影響が考えられるところです。

「白鷺」は『海豹と雲』（一九二九年）所収。蓮田《はすだ》に遊ぶ白鷺を描いて、動く水墨画のような味わいを出しています。動から静に至る時間がこの上なく優美にとらえられ、まるで仏が白鷺のすがたをかりて具現しているかのような趣があります。

「かうかうと」は「皓々と」、あるいは「煌々と」でしょうか。いずれにしろ白く輝くさまで、鳴き声ではないでしょう。「払子《ほっす》」は法要のときに使う仏具の一つで、煩悩《ぼんのう》を払うものです。

絢爛《けんらん》豪華な詩の、あるいは親しみやすい民謡、忘れられない童謡の作者ともちがった、敬虔《けいけん》な白秋のすがたに出会えたかと思います。

竹

萩原朔太郎

ますぐなるもの地面に生え、
するどき青きもの地面に生え、
凍れる冬をつらぬきて、
そのみどり葉光る朝の空路に、
なみだたれ、
なみだをたれ、
いまはや懺悔《ざんげ》をはれる肩の上より、
けぶれる竹の根はひろごり、
するどき青きもの地面に生え。

竹

光る地面に竹が生え、
青竹が生え、
地下には竹の根が生え、
根がしだいにほそらみ、
根の先より繊毛が生え、
かすかにけぶる繊毛が生え、
かすかにふるへ。

かたき地面に竹が生え、
地上にするどく竹が生え、
まつしぐらに竹が生え、
凍れる節節りんりんと、
青空のもとに竹が生え、
竹、竹、竹が生え。

萩原朔太郎

猫

萩原朔太郎

まつくろけの猫が二疋、
なやましいよるの家根のうへで、
ぴんとたてた尻尾のさきから、
糸のやうなみかづきがかすんでゐる。
『おわあ、こんばんは』
『おわあ、こんばんは』
『おぎやあ、おぎやあ、おぎやあ』
『おわああ、ここの家の主人は病気です』

漂泊者の歌

萩原朔太郎

日は断崖の上に登り
憂ひは陸橋の下を低く歩めり。
無限に遠き空の彼方
続ける鉄路の柵の背後《うしろ》に
一つの寂しき影は漂ふ。

ああ汝　漂泊者！
過去より来りて未来を過ぎ
久遠の郷愁を追ひ行くもの。
いかなれば蹌爾として
時計の如くに憂ひ歩むぞ。
石もて蛇を殺すごとく
一つの輪廻を断絶して
意志なき寂寥を踏み切れかし。

ああ　悪魔よりも孤独にして
汝は氷霜の冬に耐へたるかな！
かつて何物をも信ずることなく
汝の信ずるところに憤怒を知れり。
かつて欲情の否定を知らず
汝の欲情するものを弾劾せり。
いかなればまた愁ひ疲れて
やさしく抱かれ接吻《きす》する者の家に帰らん。
かつて何物をも汝は愛せず
何物もまたかつて汝を愛せざるべし。

ああ汝　寂寥の人
悲しき落日の坂を登りて
意志なき断崖を漂泊《さまよ》ひ行けど
いづこに家郷はあらざるべし。
汝の家郷は有らざるべし！

萩原朔太郎（一八八六—一九四二）も詩人の中の詩人といえる一人です。病的なほどの鋭い感性は、現実には隠れているものを透視したり、異様なまぼろしにおびえたりしました。それを朔太郎特有のリズムで言語化し、一挙に口語自由詩の完成者となりました。

一九一七年に刊行された第一詩集『月に吠《ほ》える』は近・現代詩史の上で画期的な詩集でした。序文に次のような言葉があります。

「詩は人間の言葉で説明することの出来ないものまでも説明する。詩は言葉以上の言葉である。」

詩は言葉を使って書かれるのに、おかしなことを言うと思う人もいるかもしれません。ただ言葉の組み合わせ方次第では、自分の心象世界がありありと描き出されるのです。それが詩というわけです。またこんなふうにも書いています。

「詩は神秘でも象徴でも鬼でもない。詩はただ、病める魂の所有者と孤独者との寂しいなぐさめである。」

詩は高踏的なもの、非現実的なものではなくて、人の心象に即したものであるべきだといっています。

「竹」二篇は『月に吠える』の中でも代表作といっていいでしょう。「生え、生え、」という脚韻が、竹のおそろしい成長力を示しています。竹の根が地面の底にひろがってゆく不気味なさまも連想されます。見えないものを見てしまうのは、だが不幸な視力といえましょう。

最初の「竹」の詩の「空路」は「そらじ」。空または天界へ行く道のこと。私には竹と、涙を流して懺悔《ざんげ》している人とは一体になっているように読めます。自分が竹になって、鋭く天をめざすとともに、地中深くで涙を流し、情念の糸を根のように張っている姿を描いたようにもとれます。

次の「竹」は第一連の繊細さと、第二連の雄渾《ゆうこん》さとが見事な対比をなしています。「繊毛」はふつうに「せんもう」と読むのかどうか。那珂太郎氏は音韻上から「わたげ」と読むべきであるとしています。

「猫」は印象鮮やかな作品です。「おわあ」とか「おぎやあ」とかいう猫の声になんともいえない凄味があります。けれども「こんばんは」などというところがおかしい。「ここの家の主人」は詩人のことでしょうか。

「漂泊者の歌」は『氷島《ひょうとう》』（一九三四年）所収。漢詩文調で書かれた晩年の代表作。妻との離別、一家離散など生活上の不如意《ふにょい》がありました。「汝の家郷は有らざるべし！」じつに恰好がいいですが、正真正銘の詩人であった人の悲劇でもありました。

雪

太郎を眠らせ、太郎の屋根に雪ふりつむ。
次郎を眠らせ、次郎の屋根に雪ふりつむ。

三好達治

Enfance finie

三好達治

海の遠くに島が……、雨に椿の花が堕《お》ちた。鳥籠に春が、春が鳥のゐない鳥籠に。

約束はみんな壊れたね。

海には雲が、ね、雲には地球が、映つてゐるね。

空には階段があるね。

今日記憶の旗が落ちて、大きな川のやうに、私は人と訣《わか》れよう。
床《ゆか》に私の足跡が、足跡に微かな塵が……、ああ哀れな私よ。

僕は、さあ僕よ、僕は遠い旅に出ようね。

郷愁

三好達治

蝶のやうな私の郷愁!……。蝶はいくつか籬《まがき》を越え、午後の街角《まちかど》に海を見る……。私は壁に海を聴く……。私は本を閉ぢる。私は壁に凭《もた》れる。隣りの部屋で二時が打つ。「海、遠い海よ! と私は紙にしたためる。——海よ、僕らの使ふ文字では、お前の中に母がゐる。そして母よ、仏蘭西人の言葉では、あなたの中に海がある。」

荒磯

三好達治

一羽とぶ鳥は
友おふ鳥ぞ
荒磯《ありそ》

一羽とぶ鳥は
頸《くび》ながし鳥
臀《しり》おもし鳥

一羽とぶ鳥は
日ぐれてとぶぞ
荒磯

水光微茫

三好達治

堤遠く
水光ほのかなり
城ありてこれに臨《のぞ》めり
歳《とし》晩《く》れて日の落つはやく
扁舟人を渡すもの一たび
艪《ろ》のこゑしめやかに稜《りよう》　廓《くわく》にしたがひ去りぬ
水ゆらぎ蘆《あし》動き
水禽出づ

松老いて傾きたる
天低うしてその影黒くさしいでぬ
かくありて雲沈み
万象あまねく墨を溶いて
沈黙して語らざるのみ
我れは薄暮の客たまたまここに過《よぎ》るもの
問ふなかれ何の心と
かの一両鳧《ふ》羽うちて天にあがる……
叱叱《しっしっ》　しばらく人語を仮らざれとなり

三好達治（一九〇〇―六四）は現代抒情詩人の第一人者で、その詩は典雅な趣をたたえています。

詩を書きはじめたのは、京都の三高時代、同級生だった丸山薫に出会ってからですが、本格的な詩作は東大仏文科に入学してからでした。萩原朔太郎の詩に心酔、以後彼を師と仰ぎつづけます。朔太郎の妹アイと婚約しつつも、破談となり、ようやくにして思いが遂げられたのは、十六年後でした。しかしアイとの結婚生活は一年と続かなかったのです。達治の詩の陰影はこの女性によってもたらされたところもあるかもしれません。

わずか二行からなる「雪」は、多くの人に愛唱されています。「太郎」「次郎」はむかしはよくある名前でしたので、この屋根は藁《わら》屋根のイメージがあり、自然との一体感があります。いま都会は眠らずに二十四時間起きています。失われた美しい世界がここに眠っているといえましょうか。第一詩集『測量船』（一九三〇年）より。次の詩も同書より。

「Enfance finie」は、フランス語で過ぎ去った幼年時代を意味します。達治は、ボードレール、ジャム、フィリップらフランス文学に親しみ、翻訳も手がけています。この詩はボードレールの「旅へのいざない」にいざなわれたのでしょう。でも原詩にはない幼年期からの旅立ちを甘美に描いて、忘れがたい詩です。「春が鳥のゐない鳥籠に」とか「大きな川のやうに、私は人と訣《わか》れよう。」といったフレーズが時たま私には立ちのぼります。

「郷愁」もよく引かれる一節を含んでいます。「海」という旧漢字の中には「母」という字がある、フランス語では逆に「mère」（母）の中に「mer」（海）がある、というのです。母なる海、海なる母をじつに洒落た詩に仕立てているではありませんか。

「荒磯」は詩集『砂の砦』（一九四四年）所収。疎開先の福井県三国時代の作品です。アイを迎え、また去らせた土地でした。「一羽とぶ鳥」は詩人自身と見ていいでしょう。「頸《くび》ながし鳥／臀《しり》おもし鳥」は、憧ればかりが強くて、現実には非力である自分をこう表現したのかもしれません。けれどもそんなふうに意味をかぶせないで、ただ眼前の風景をうたったと読んでも、孤愁ただよう名吟であることにはちがいありません。

「水光微茫《すいこうびぼう》」は『駱駝《らくだ》の瘤《こぶ》にまたがつて』（一九五二年）所収。墨一色の映像が流れてゆきます。歳晩《さいばん》、日が落ちて、薄暗くなった世界を舟が一艘《そう》漕ぎわたる。水と芦と水鳥が動くのみ。ややあってケリが天に羽ばたつ。まるで彼方の世界のようです。「叱叱《しっしっ》　しばらく人語を仮らざれとなり」。言葉の力を知り尽くしていた詩人は、言葉の及びがたさをも知る人でした。

岬

山村暮鳥

岬の光り
岬のしたにむらがる魚ら
岬にみち尽き
そら澄み
岬に立てる一本の指。

いのり

つりばりぞそらよりたれつ
まぼろしのこがねのうをら
さみしさに
さみしさに
そのはりをのみ。

山村暮鳥

こども

山村暮鳥

ぼさぼさの
生籬《いけがき》の上である
牡丹でもさいてゐるのかと
おもつたら
まあ、こどもが
わらつてゐたんだよう

馬

山村暮鳥

だあれもゐない
馬が
水の匂ひを
かいでゐる

山村暮鳥（一八八四―一九二四）は群馬県の農家の長男として生まれました。生家の複雑な家庭事情のため、身寄りをもとめて転々とし、小学校高等科を中退してからは半ば放浪しながら、さまざまな職につきました。二十四歳のとき、神学校を卒業、伝道師となり、東北、北関東各地に赴任しました。

詩の歴史の上で注目すべき詩集が、一九一五年に出された『聖三稜玻璃《せいさんりようはり》』です。「三稜鏡」という言葉がありますが、玻璃（ガラス）の三角柱、つまりプリズムのことです。「聖」という字がつけば、三位一体などが思われます。神々しいイメージです。前年に刊行された北原白秋の『白金《ハクキン》ノ独楽《コマ》』の影響があるといわれていますが、それは題名からもうかがわれるところです。

内容は最先端の現代詩といっていいものです。ここには収録しませんでしたが、巻頭の「囈語《げいご》」という詩には「姦淫林檎／傷害雲雀／殺人ちゆりつぷ」などという奇怪な行もあります。光を乱反射させるプリズムのように、言葉と言葉を衝突させるシュルレアリスムの実験のようです。萩原朔太郎はこれを「未来派」と呼んで、瞠目《どうもく》しました。

その中で「岬」は、詩人の敬虔な心の産物です。「岬に立てる一本の指。」とは、灯台のことをいったものでしょうが、神々しい一本の指が天を指しているようでもあります。「いのり」という詩にも垂直の軸があります。釣り針が空からたれてくるのですが、いくら空の彼方にあっても、これは神さまではありません。というよりも悪魔的なものです。信仰に懐疑的なところがあったのかもしれません。

「こども」は暮鳥没後に刊行された詩集『雲』（一九二五年）より。病気が悪化して、大喀血《かっけつ》をし、教会も退きました。それまでの迷いはふっきれ、詩人は東洋的枯淡の世界に安住の地を見出したかのようです。臥《ふ》せりがちな暮らしの中で、童話や童謡を書いて、生計を立てるようになります。どこか遠いまなざしがこの詩人にはあります。そういう目には子どもたちの健やかさだけが救いだったのかもしれません。牡丹《ぼたん》の花が咲いたように子どもが笑っている。誰もにこの世ならぬ郷愁を感じさせる詩といっていいでしょう。

「馬」も同じく『雲』より。暮鳥は亡くなるまでの数年間を茨城県大洗海岸の磯浜に暮らしました。連作を見ると、この馬は田んぼの代かき馬のようです。静かな時間が永遠ほどに流れています。

この無垢で平明な詩集には「序」が付いており、その中で詩人は「だんだんと詩が下手になるので、自分はうれしくてたまらない。」と書いています。無技巧の技巧といいますが、詩が天からの授かり物になったということを言っているのでしょう。

汚れつちまつた悲しみに……

中原中也

汚れつちまつた悲しみに
今日も小雪の降りかかる
汚れつちまつた悲しみに
今日も風さへ吹きすぎる

汚れつちまつた悲しみは
たとへば狐の革裘《かはごろも》
汚れつちまつた悲しみは
小雪のかかつてちぢこまる

汚れつちまつた悲しみは
なにのぞむなくねがふなく
汚れつちまつた悲しみは
倦怠《けだい》のうちに死を夢む

汚れつちまつた悲しみに
いたいたしくも怖気《おぢけ》づき
汚れつちまつた悲しみに
なすところもなく日は暮れる……

骨

中原中也

ホラホラ、これが僕の骨だ、
生きてゐた時の苦労にみちた
あのけがらはしい肉を破つて、
しらじらと雨に洗はれ、
ヌックと出た、骨の尖《さき》。

それは光沢もない、
ただいたづらにしらじらと、
雨を吸収する、
風に吹かれる、
幾分空を反映する。

生きてゐた時に、

これが食堂の雑踏の中に、
坐つてゐたこともある、
みつばのおしたしを食つたこともある、
と思へばなんとも可笑《をか》しい。

ホラホラ、これが僕の骨――
見てゐるのは僕？　可笑しなことだ。
霊魂はあとに残つて、
また骨の処《ところ》にやつて来て、
見てゐるのかしら？

故郷《ふるさと》の小川のへりに、
半ばは枯れた草に立つて、
見てゐるのは、――僕？
恰度《ちやうど》立札ほどの高さに、
骨はしらじらととんがつてゐる。

冬の長門峡

中原中也

長門峡《ちやうもん》に、水は流れてありにけり。
寒い寒い日なりき。

われは料亭にありぬ。
酒酌《く》みてありぬ。

われのほか別に、
客とてもなかりけり。

水は、恰《あたか》も魂あるものの如く、
流れ流れてありにけり。
やがても密柑《みかん》の如き夕陽、
欄干にこぼれたり。
あゝ！　――そのやうな時もありき、
寒い寒い　日なりき。

中原中也（一九〇七―三七）は天成の節回しで人の心に喰《く》い入るような詩を書きました。その多くは喪失感をうたい、郷愁の色に染められています。

山口県下宇野令《しもうのりよう》村（現在の山口市湯田温泉）に湯田医院（後に中原医院）の女婿の長男として生まれ、大切に育てられました。少年時代、すでに早熟の詩才を示しましたが、学業を怠り、山口中学を落第して、京都の立命館中学に転校します。十七歳で三歳年長の長谷川泰子と同棲。この女性は翌年小林秀雄のもとに走ります。彼女に対する未練は後々まで詩人を苦しめました。

二十四歳で東京外語専修科に入学。二十六歳、外語を修了して、郷里で結婚。『ランボオ詩集』を刊行。翌年には詩集『山羊《やぎ》の歌』が出版されました。

「汚れつちまつた悲しみに……」は同書より。この詩は中也の代表作の一つです。「中也の恋愛詩中の絶唱ともいうべき一篇」と坂本越郎は激賞していますが、「悲しみ」を失恋によってもたらされたものと狭く受け取ることはないでしょう。第二連に「たとへば狐の革裘《かはごろも》」とありますが、坂本は「狐の革裘のような貴重なもの」としています。でも狐の毛皮のコートを中也は、これが生きていた日もあったのだな、と悲しみの目で眺めたかもしれません。中也には幼年期に抱いていた透明な悲しみがあったのでしょうか。それが生きていくうちに「汚れつちまつた」のですが、すでに生を呪われたものと見ているようです。

それは現実の生活において、彼が非力だったせいもあるでしょう。

「骨」は二十七歳のときの作。没後刊行された『在りし日の歌』（一九三八年）所収。おどけた調子で、不気味な歌をうたっています。自分の死後の骨を幻視している自分という図ですが、なんともリアリティがあります。「みつばのおしたしを食つたこともある」などという、なつかしい視線がいりまじっているからでしょうか。

「冬の長門峡」も『在りし日の歌』所収。一九三七年十月に中也は結核性脳膜炎のために死没するのですが、その年の四月に発表された詩です。長門峡は山口市の北東十五キロのところにある、急流が岩を噛《か》む峡谷で、いまでは詩碑が建てられています。

この詩はただの懐旧の歌ではないかと見る人もいますが、私は名詩だと思います。「けり」「き」「ぬ」「たり」の四つの助動詞を巧みに使い分けています。詠嘆の助動詞「けり」で感覚は広がってゆきます。「たり」で一瞬とどまる。「そのやうな時もありき、／寒い寒い　日なりき。」の「き」で、広がっていった感覚は収斂《しゅうれん》し、たゆたっていた時間は凍結します。音楽的であるばかりでなく、「密柑《みかん》」の鮮明さが視覚的・映像的な美しさをかもしだしているではありませんか。

はじめてのものに

立原道造

ささやかな地異は　そのかたみに
灰を降らした　この村に　ひとしきり
灰はかなしい追憶のやうに　音立てて
樹木の梢に　家々の屋根に　降りしきつた

その夜　月は明かつたが　私はひとと
窓に凭れて語りあつた（その窓からは山の姿が見えた）
部屋の隅々に　峡谷のやうに　光と
よくひびく笑ひ声が溢れてゐた

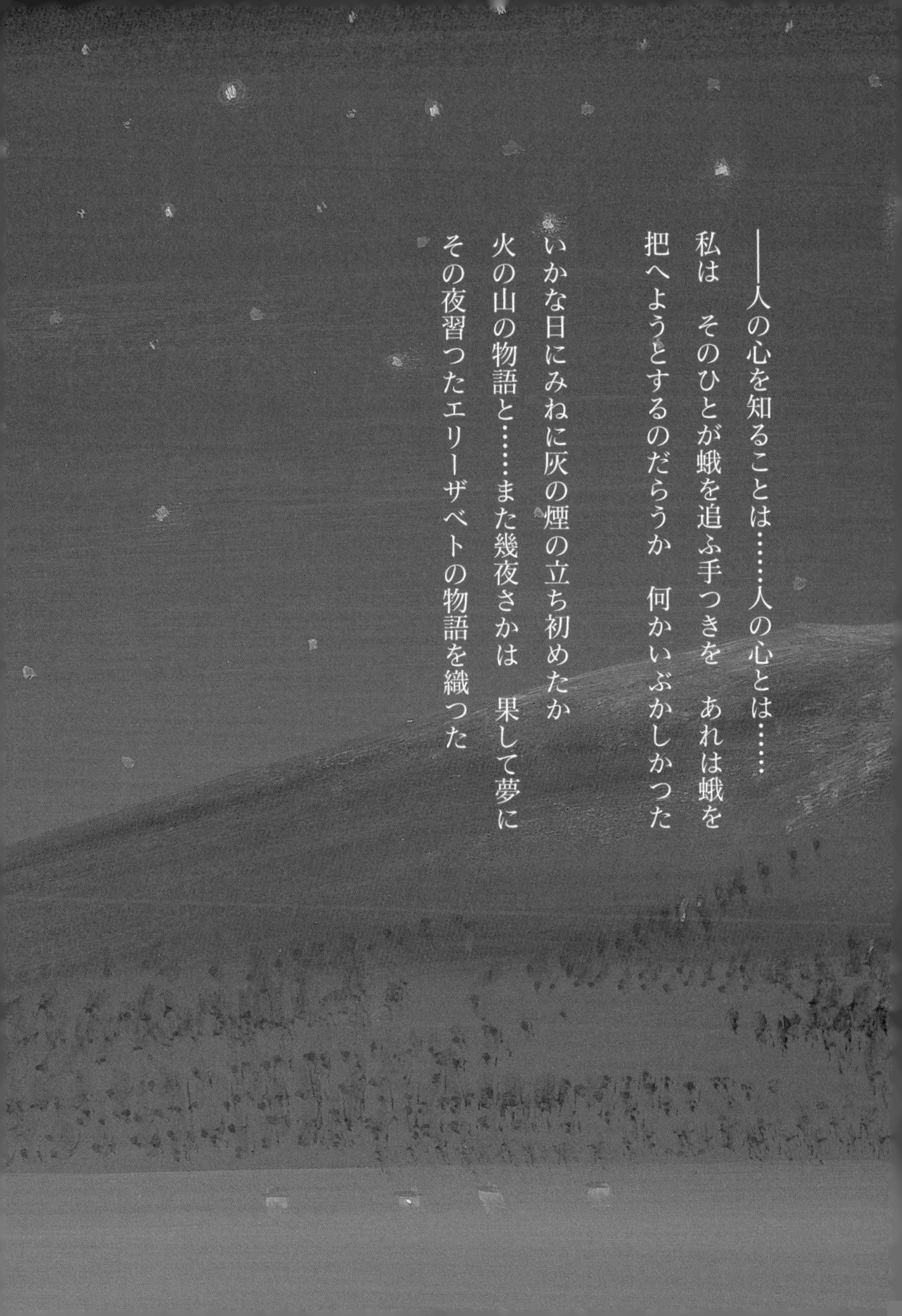

——人の心を知ることは……人の心とは……
私は　そのひとが蛾を追ふ手つきを　あれは蛾を
把へようとするのだらうか　何かいぶかしかつた

いかな日にみねに灰の煙の立ち初めたか
火の山の物語と……また幾夜さかは　果して夢に
その夜習つたエリーザベトの物語を織つた

夏花の歌　その二

立原道造

あの日たち　羊飼ひと娘のやうに
たのしくばつかり過ぎつつあつた
何のかはつた出来事もなしに
何のあたらしい悔ゐもなしに

あの日たち　とけない謎のやうな
ほほゑみが　かはらぬ愛を誓つてゐた
薊の花やゆふすげにいりまじり
稚い　いい夢がゐた——いつのことか！

どうぞ　もう一度　帰つておくれ
青い雲のながれてゐた日
あの昼の星のちらついてゐた日……

あの日たち　あの日たち　帰つておくれ
僕は　大きくなつた　溢れるまでに
僕は　かなしみ顫へてゐる

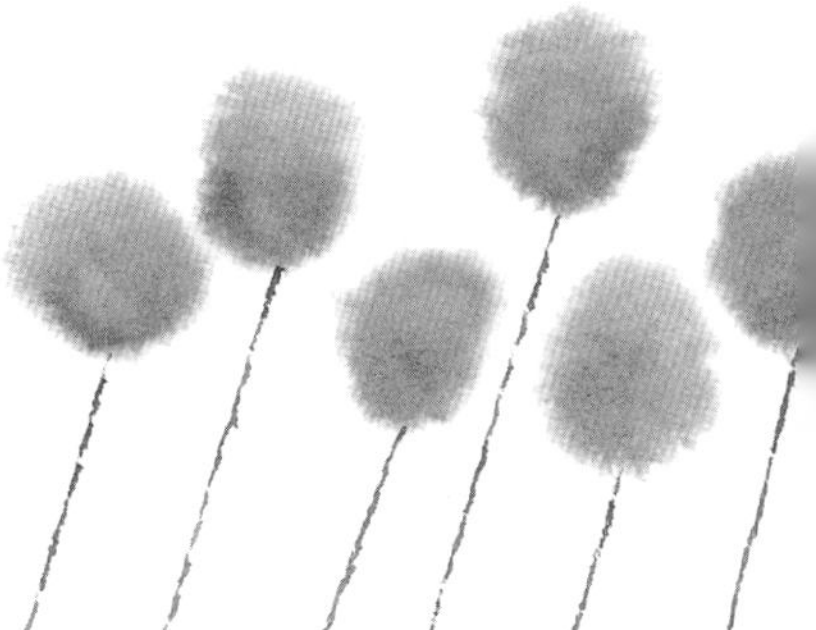

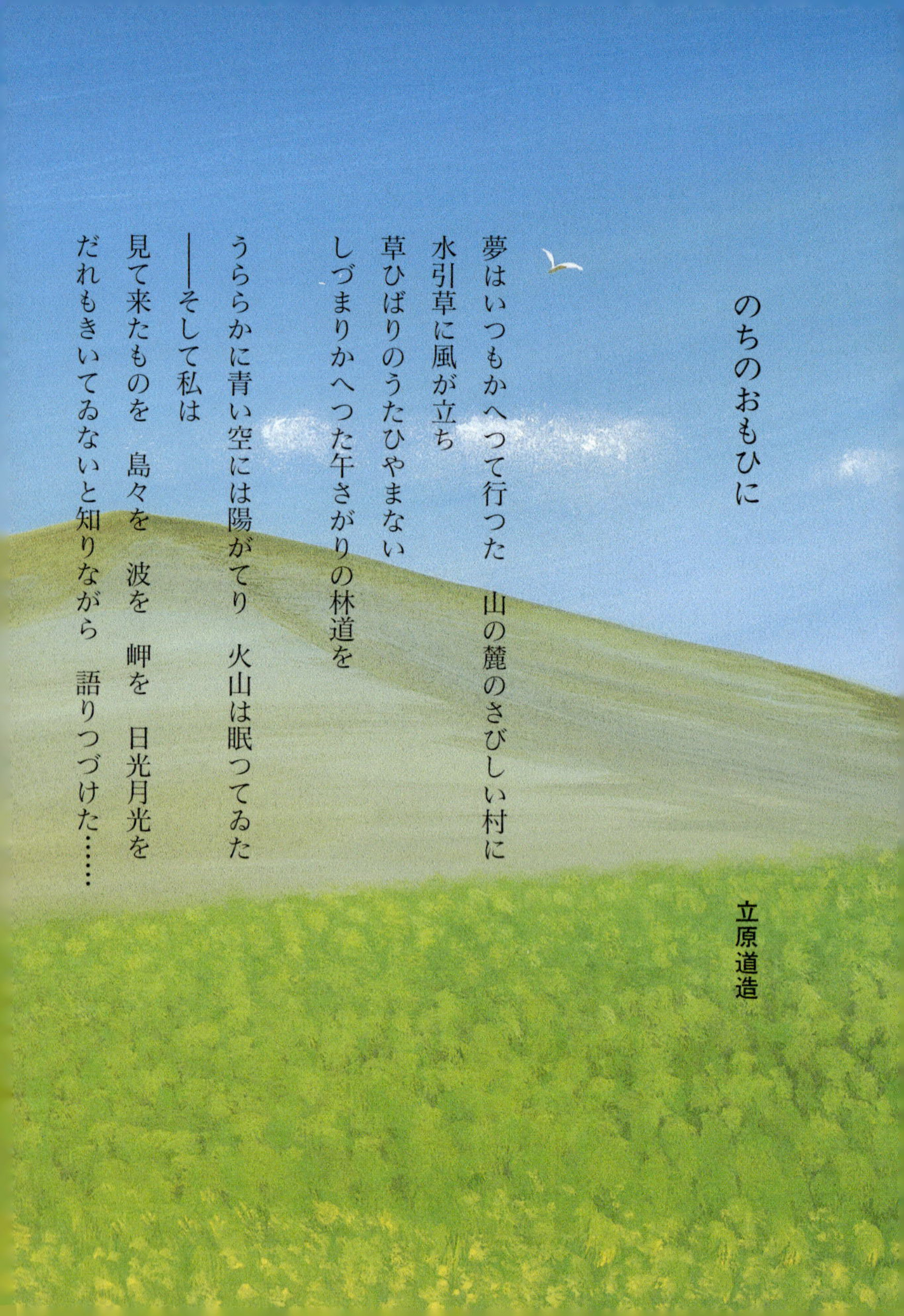

のちのおもひに

立原道造

夢はいつもかへつて行つた　山の麓のさびしい村に
水引草に風が立ち
草ひばりのうたひやまない
しづまりかへつた午さがりの林道を

うららかに青い空には陽がてり　火山は眠つてゐた
——そして私は
見て来たものを　島々を　波を　岬を　日光月光を
だれもきいてゐないと知りながら　語りつづけた……

夢は　そのさきには　もうゆかない
なにもかも　忘れ果てようとおもひ
忘れつくしたことさへ　忘れてしまつたときには

夢は　真冬の追憶のうちに凍るであらう
そして　それは戸をあけて　寂寥のなかに
星くづにてらされた道を過ぎ去るであらう

立原道造（一九一四―三九）は青春の痛みをあえかで優しい調べにのせたソネット（十四行詩）を作り、二十四歳で夭折した詩人です。その詩は平易な言葉ばかりですので、一見真似がしやすそうですが、誰にも真似ができません。詩人の胸で鳴っていた音楽が比類ないものだったからでしょう。

立原道造は東京日本橋に生まれ、一高、東大建築科に進みました。一年生の夏、堀辰雄、室生犀星のいる軽井沢に休暇を過ごして以来、毎年のように浅間山麓の信濃追分にある旅館・油屋に滞在して、夢見がちな楽しい一夏を過ごしました。都会暮らししか知らなかった道造に、目にふれるもの、耳に聞くものすべてが歌をうたいかけました。詩人はもうじき夏休みという或る日、友人にこんな手紙を書いています。「信濃の国の空ばかりあこがれて過ぎた一年が、みじかかったようにおもわれます。去年のように！　郭公やながれや雲、空、煙をおもう心が、よい夏へのプレリュードを奏でて、このごろ毎日暮らしております」。「煙」というのは浅間山の噴煙でしょうか。

「はじめてのものに」という詩の冒頭に「ささやかな地異は　そのかたみに／灰を降らした」とありますが、詩人は大学二年の夏、初めて浅間山の爆発を体験したのでした。それを「ささやかな地異」と言っています。目の前の世界をどこか物語めいた視線の下に置いているような気がします。

詩人が語り合った「ひと」は蛾《が》を追おうとしているのか、把えようとしているのか、不分明な手つきをしているのですが、「ひと」の心も把えどころがないのです。「はじめてのもの」は、浅間山の「灰の煙」だけではありません。その夏出会った少女に、詩人は初めて恋心を抱いたのでした。「エリーザベトの物語」とはドイツの詩人テオドール・シュトルム作「みずうみ」のことで、はかない恋の物語です。

第四連の「いかな日にみねに灰の煙の立ち初めたか」は藤原定家の和歌「今ぞおもふいかなる月日ふじのねの峰に煙の立ちはじめけん」を下敷きに据えています。いつ胸に恋の火がくすぶり始めたのだろう、ということを王町風に優美に表現しています。これが二十一歳の作ですから、驚嘆します。「のちのおもひに」という詩の題名も古歌を踏まえています。「あひ見てののちの心にくらぶれば昔は物をおもはざりけり」（藤原敦忠）という百人一首にもある歌です。信濃追分で知り合った少女から別れの手紙をもらい、傷心の詩人は旅に出ますが、その旅から帰ったときに書かれた詩でしょう。「夢」が過去形で息づいているところが悲痛です。それは「夏花の歌」の中でも奏でられました。

いずれも第一詩集『萱草《わすれぐさ》に寄す』（一九三七年）所収。

永訣の朝

宮沢賢治

けふのうちに
とほくへいつてしまふわたくしのいもうとよ
みぞれがふつておもてはへんにあかるいのだ
　（あめゆじゆとてちてけんじや）
うすあかくいつそう陰惨《いんざん》な雲から
みぞれはびちよびちよふつてくる
　（あめゆじゆとてちてけんじや）
青い蓴菜《じゅんさい》のもやうのついた
これらふたつのかけた陶椀《たうわん》に
おまへがたべるあめゆきをとらうとして

わたくしはまがつたてつぱうだまのやうに
このくらいみぞれのなかに飛びだした
　（あめゆじゆとてちてけんじや）
蒼鉛《さうえん》いろの暗い雲から
みぞれはびちよびちよ沈んでくる
ああとし子
死ぬといふいまごろになつて
わたくしをいつしやうあかるくするために
こんなさつぱりした雪のひとわんを
おまへはわたくしにたのんだのだ
ありがたうわたくしのけなげないもうとよ
わたくしもまつすぐにすすんでいくから
　（あめゆじゆとてちてけんじや）
はげしいはげしい熱やあへぎのあひだから
おまへはわたくしにたのんだのだ
　銀河や太陽　気圏などとよばれたせかいの

そらからおちた雪のさいごのひとわんを……
……ふたきれのみかげせきざいに
みぞれはさびしくたまつてゐる
わたくしはそのうへにあぶなくたち
雪と水とのまつしろな二相系《にさうけい》をたもち
すきとほるつめたい雫《しずく》にみちた
このつややかな松のえだから
わたくしのやさしいいもうとの
さいごのたべものをもらつていかう
わたしたちがいつしよにそだつてきたあひだ
みなれたちやわんのこの藍のもやうにも
もうけふおまへはわかれてしまふ
(Ora Orade Shitori egumo)
ほんたうにけふおまへはわかれてしまふ
あああのとざされた病室の
くらいびやうぶやかやのなかに

やさしくあをじろく燃えてゐる
わたくしのけなげないもうとよ
この雪はどこをえらばうにも
あんまりどこもまつしろなのだ
あんなおそろしいみだれたそらから
このうつくしい雪がきたのだ
　　（うまれでくるたて
　　　こんどはこたにわりやのごとばかりで
　　　くるしまなあよにうまれてくる）
おまへがたべるこのふたわんのゆきに
わたくしはいまこころからいのる
どうかこれが兜卒《とそつ》の天の食《じき》に変つて
やがてはおまへとみんなとに
聖《きよ》い資糧《かて》をもたらすことを
わたくしのすべてのさいはひをかけてねがふ

〔雨ニモマケズ〕

宮沢賢治

雨ニモマケズ
風ニモマケズ
雪ニモ夏ノ暑サニモマケヌ
丈夫ナカラダヲモチ
欲ハナク
決シテ瞋《イカ》ラズ
イツモシヅカニワラッテヰル
一日ニ玄米四合ト
味噌ト少シノ野菜ヲタベ
アラユルコトヲ
ジブンヲカンヂャウニ入レズニ
ヨクミキキシワカリ
ソシテワスレズ
野原ノ松ノ林ノ蔭ノ

小サナ萓ブキノ小屋ニヰテ
東ニ病気ノコドモアレバ
行ッテ看病シテヤリ
西ニツカレタ母アレバ
行ッテソノ稲ノ束ヲ負ヒ
南ニ死ニサウナ人アレバ
行ッテコハガラナクテモイヽトイヒ
北ニケンクヮヤソショウガアレバ
ツマラナイカラヤメロトイヒ
ヒデリノトキハナミダヲナガシ
サムサノナツハオロオロアルキ
ミンナニデクノボートヨバレ
ホメラレモセズ
クニモサレズ
サウイフモノニ
ワタシハナリタイ

宮沢賢治（一八九六―一九三三）は生前はほとんど人に知られることのなかった詩人・童話作家でした。そのために、といっていいでしょうか、作品には何らの曇りもなく、恐ろしいくらいに純粋さをたたえています。

岩手県の現在の花巻市に生まれ、盛岡高等農林学校（現在の岩手大学農芸化学科）に入学。特待生でした。卒業後も同校研究生として地質・土壌・肥料の研究に従事しています。五年間、菜食生活を続けました。日蓮宗の信仰団体に入会、布教に従事しようと志し、二十五歳のとき上京しました。文芸によって大乗の教えを広めるように吹き込まれ、一カ月に三千枚の創作をなしたといわれます。しかし二歳年下の最愛の妹・トシの病気が再発、帰郷します。現在の花巻農業高等学校教諭となりました。

「永訣《えいけつ》の朝」は帰郷の翌年（一九二二年）、トシ死去に際し、その臨終のさまを描いた名篇です。トシは花巻高女を経て、日本女子大学家政科に学び、母校花巻高女の教諭となりましたが、二十四歳で病死しました。兄賢治のよき理解者でした。

瀕死《ひんし》の人が水や果物をほしがるように、妹は「あめゆじゅ」（雨雪）をほしがります。「（あめゆじゆとてちてけんじや）」という妹の言葉は、兄の頭の中で谺《こだま》となって幾度も反響するのです。「けんじや」は岩手県の言葉で「けろじゃ」

（ください）がなまったものかといいます。

「あとし子／死ぬといふいまごろになつて／わたくしをいつしやうあかるくするために／こんなさつぱりした雪のひとわんを／おまへはわたくしにたのんだのだ」という箇所がありますが、「あかるくするために」とはどういうことでしょうか。雪の明るさが賢治の心を暗闇から救ってくれるということかもしれません。聖らかな妹と兄の言葉です。この詩は賢治生前唯一の詩集『春と修羅』（一九二四年）に収められています。

「〔雨ニモマケズ〕」はあまりにも有名な詩です。この詩は残された手帳の中に書かれていたもので、題はなく、「11.3」とあるだけです。とくに詩の手帳ではなかったので、賢治が自分自身に向かって、理想の人間像を言い聞かせたものでしょう。この詩は他者に対して脅かすように読まれてはなりません。

賢治は二十九歳のとき、農学校を依願退職し、独居自炊の生活の中で荒れ地を開墾して畑作に従事したりします。「羅須地人協会」を創り、農村の青年に土壌学、肥料学、農民芸術などを講じました。農村を巡って、災害対策を指導したりしています。詩にはそのころの生活が回想されています。

賢治は風雨の中、農村を東奔西走して、肺炎を起こし、結局それが命取りとなったのでした。詩人の名に恥じない詩人でした。

秋の夜の会話

草野心平

さむいね
ああさむいね
虫がないてるね
ああ虫がないてるね
もうすぐ土の中だね
土の中はいやだね

痩せたね
君もずゐぶん痩せたね
どこがこんなに切ないんだらうね
腹だらうかね
腹とつたら死ぬだらうね
死にたくはないね
さむいね
ああ虫がないてるね

祈りの歌

草野心平

死が迫つてきてごびろは夢をみつづけてゐた。額が割れてるベートーヴエンのやうな青い顔が東の空から流れてくる。

その頸は横転逆転し切り口の苺色がみえたり眼玉がとびだしたり暗くなつたりだんだん大映しになつてごびろに迫つてくる。

ごびろはその度にギヤアツと大声を出し。眼をひらくと毒薬のやうに空は深い。そしてはなにか安心したおもひでまた静かな眠りにおちていつた。

恋人であるりるむは。ごびろの背中をその水かきの掌でなでながら祈りの歌をうたふのだつた。

りを　りを　りま　りま
はりま　はりま　よう
いいむ　いいむ
おお　いいむ　いいむ
はりま　はりま　よう

ありかまだ
るり
しるびやんけ
しるびやんけ

あんなに
星
死ぬいや
死ぬいや

りを　りを　りま　りま
はりま　はりま　よう
いいる　いいる
おお
いいる　いいる　よう

冬眠を終へて出てきた蛙

草野心平

両眼微笑。

婆さん蛙ミミミの挨拶

草野心平

地球さま。
永いことお世話さまでした。

さやうならで御座います。
ありがたう御座いました。
さやうならで御座います。
さやうなら。

草野心平（一九〇三―八八）は「蛙《かえる》の詩人」や「富士山の詩人」、あるいは「天の詩人」と呼ばれて親しまれてきました。蛙の詩四篇を取り上げました。詩人は福島県上小川村（現在のいわき市）に生まれました。中国の嶺南大学に学びますが、排日英動乱のため卒業を待たずに帰国します。屋台の焼鳥屋や新聞記者、貸本屋などをして生き抜きました。宮沢賢治や八木重吉らを見出し、紹介した人でもあります。

実質的な第一詩集は『第百階級』（一九二八年）です。無産階級のことを第四階級といいましたが、この題名は自分を含めて広く被抑圧者一般を指しているとみられます。詩集の巻頭に「蛙はでつかい自然の讃嘆者である／蛙はどぶ臭いプロレタリヤトである／蛙は明朗性なアナルシスト／地べたに生きる天国である」と明瞭な宣言文がありますが、草野心平はおのれの中に蛙を見、蛙の中におのれを見たのでした。「アナルシスト」はアナーキスト、無政府主義者のことです。

「秋の夜の会話」はこの詩集の中の一篇。もうじき冬眠しなければならない二ひきの蛙の会話です。詩人の耳には蛙がこんなふうにつぶやいているように聞こえたのです。ただの擬人化だといえましょうか。「どこがこんなに切ないんだらうね／腹だらうかね／腹とつたら死ぬだらうね」なんて人の言葉ではありません。やっぱり生死のぎりぎりの境に立たされた蛙の言葉の翻訳です。

「祈りの歌」は詩集『蛙』（一九三八年）より。「ごびろ」と「りるむ」は蛙の名前です。ここでは蛙語で詩が書かれ、その日本語訳が付いているところもあります。詩人の語感の素晴らしさを味わっていただきたい。「り」「い」「し」の音が悲痛に聞こえるのは、日本人の耳だけかもしれませんが。

ここには収めませんでしたが、「春殖」という詩は「るるるるる……」と「る」をいくつも繰り返した一行詩です。生きものの歓楽の声のようですが、これを真壁仁は視覚的に受け取って、蛙の卵のかたまりと見ています。心平語の蛙の生態はいくらでも読者の想像力を刺戟《しげき》するものがあります。

「冬眠を終へて出てきた蛙」は詩集『植物も動物』（一九七六年）より。題名のほうが本文よりも長い珍しい詩です。「両眼微笑」。こちらもうれしくなります。仏様は半眼でほほえんでいらっしゃいますが、蛙は目をぱっちり開けているのです。

「婆さん蛙ミミミの挨拶」も同じ詩集から。草野心平の詩の中の蛙たちは、地球を美しいと見る目はもっていないかもしれませんが、死ぬときには語彙《ごい》は少ないながら、きちんと感謝の言葉を捧げてゆくのです。心平さんの告別式のときに、谷川俊太郎さんがこの詩を弔辞の最後に朗読しました。

河口

丸山　薫

船が錨《いかり》をおろす。
船乗《ふなのり》の心も錨をおろす。

鷗《かもめ》が淡水《まみづ》から、軋《きし》る帆索《ほづな》に挨拶《あいさつ》する。
魚がビルジの孔《あな》に寄つてくる。

船長は潮風に染まつた服を着換へて上陸する。
夜がきても街から帰らなくなる。
もう船腹に牡蠣殻《かきがら》がいくつふえたらう?

夕暮が濃くなるたびに
息子の水夫がひとりで舳《へさき》に青いランプを灯《とも》す。

錨

丸山　薫

船長がラム酒を飲んでゐる。
飲みながらなにか唄つてゐる。
唄は嗄《しはが》れてゆつくり滑車が帆索に回るやうに哀しい
鷗が羽根音をひそめて艫《とも》の薄闇を囁《ささや》いて行つた。
軈《やが》て、河口に月が昇るのだらう。

船長の胸も赤いラム酒の満潮になつた。
その流れの底に
今宵も入墨の錨が青くゆらいでゐる。

砲塁

丸山薫

破片は一つに寄り添はうとしてゐた。
亀裂はまた頬笑《ほほゑ》まうとしてゐた。
砲身は起き上つて、ふたたび砲架に坐らうとしてゐた。
みんな儚《はかな》い原形を夢みてゐた。
ひと風ごとに、砂に埋れて行つた。
見えない海——候鳥《こうてう》の閃《ひらめ》き。

病める庭園《には》

丸山　薫

静かな午《ひる》さがりの縁さきに
父は肥つて風船玉のやうに籐椅子《とういす》にのつかり
母は半ば老ひて　その傍に毛糸を編む
いま春のぎやうぎやうしも来て啼《な》かない
この富裕に病んだ懶《ものう》い風景を
誰れがさつきから泣かしてゐるのだ

オトウサンヲキリコロセ
オカアサンヲキリコロセ

それは築山の奥に咲いてゐる
黄色い薔薇《ばら》の葩《はな》びらをむしりとりながら
またしても泪《なみだ》に濡れて叫ぶ
ここには見えない憂鬱の顫《ふる》へごゑであつた

オトウサンナンカキリコロセ
オカアサンナンカキリコロセ
ミンナキリコロセ

海という女

丸山　薫

どんなに好きかは
もりあがるその乳房の量ほどに
或は　また
十万トンのタンカーをさえ揺さぶる
その胸の熱いあらしほどに

けれど　なぜ好きなのかと訊《き》かれても
めったに理由など言えそうもない

口ごもるばかりの僕を尻目に
にわかに渦巻く水鳥の大群となって
虹《にじ》なすトビ魚の一団となって
ごっそり地球の外へ飛び立って行くだろう
ウラヌスかネプチューンを指して

おまえの居ない世界の
想うさえ　死にもまさる荒涼さよ
僕にとっては古びた恋い妻
しかもなお　若い歌をうたいつづける
おまえ　海という女

丸山薫（一八九九―一九七四）は終生海に憧れた詩人です。大分市に生まれましたが、長崎、東京、京城、松江など地方官だった父の赴任にしたがって、移住。父の死後は母の郷里・愛知県豊橋市で養育されました。船乗りを志し、東京高等商船学校に入学しましたが、脚気を病んで挫折。東大国文科に進みました。四五年から三年間、山形県に疎開し、山村の小学校で教鞭《きょうべん》をとったこともあります。

「河口」は第一詩集『帆・ランプ・鷗』（一九三二年）より。収録詩三十四篇はいずれも海に関わるものです。ついえた海への憧れが郷愁といりまじって、魅力的な世界をつくりだしています。「ビルジ」はビルジ・ポンプの略で、船底の汚水を汲みだすポンプのこと。船はずいぶん長く港に停泊しているようで、船長は街の酒場で今夜も飲んだくれています。息子の水夫は未成年なのか、しっかり者なのか、街にも行かずに、舳《へさき》の青いランプを灯《とも》します。小さな物語のようです。かくてつつがなく海の一日は暮れるというわけです。

「錨《いかり》」という詩の中には、ラム酒を飲む船長が出てきます。「船長の胸も赤いラム酒の満潮になつた。」という行があります。お酒を飲みながら、いろいろ胸に迫ってくるものがあるのでしょう。

「砲塁」は海岸の砂に埋もれそうになっている廃棄され、崩れかけた大砲、台座、砦《とりで》に心象を託したものです。「みんな儚《はかな》い原形を夢みてゐた。」壊れた夢の破片が、元の夢をつくりあげようとしている哀切さがあります。希望の証である海は見えず、渡り鳥が一瞬光っただけです。

「病める庭園《には》」は第三詩集『幼年』(一九三五年)所収。巻頭に「これらはいとけなかりしわが詩の日のでんでん太鼓なり　笙の笛のしらべなり」とあります。詩を書くことが若い詩人の慰めだったのでしょう。最初期の作品です。「ぎやうぎやうし」(行々子)はヨシキリのことで、葦原で澄んだ高い声で鳴く鳥。「オトウサンヲキリコロセ／オカアサンヲキリコロセ」。いかにもそんなふうな声でさえずりそうです。ここにはけだるい日常とそれを統《す》べている両親への、少年の敵意が鋭くにじみでています。

「海という女」は六十三歳のときに刊行された『連れ去られた海』より。詩人の海への憧れは、若いときには非情な恋人を前にしたときの胸のふるえのようなものでしたが、老年期に入って海はようやく「古びた恋い妻」になりました。いま詩人はためらわずに海への恋唄をうたいます、「どんなに好きかは／もりあがるその乳房の量ほどに／或は　また／十万トンのタンカーをさえ揺さぶる／その胸の熱いあらしほどに」と。私がこの詩から受け取るのは太母のイメージですが。

草に　すわる

八木重吉

わたしの　まちがひだつた
わたしのまちがひだつた
こうして　草にすわれば　それがわかる

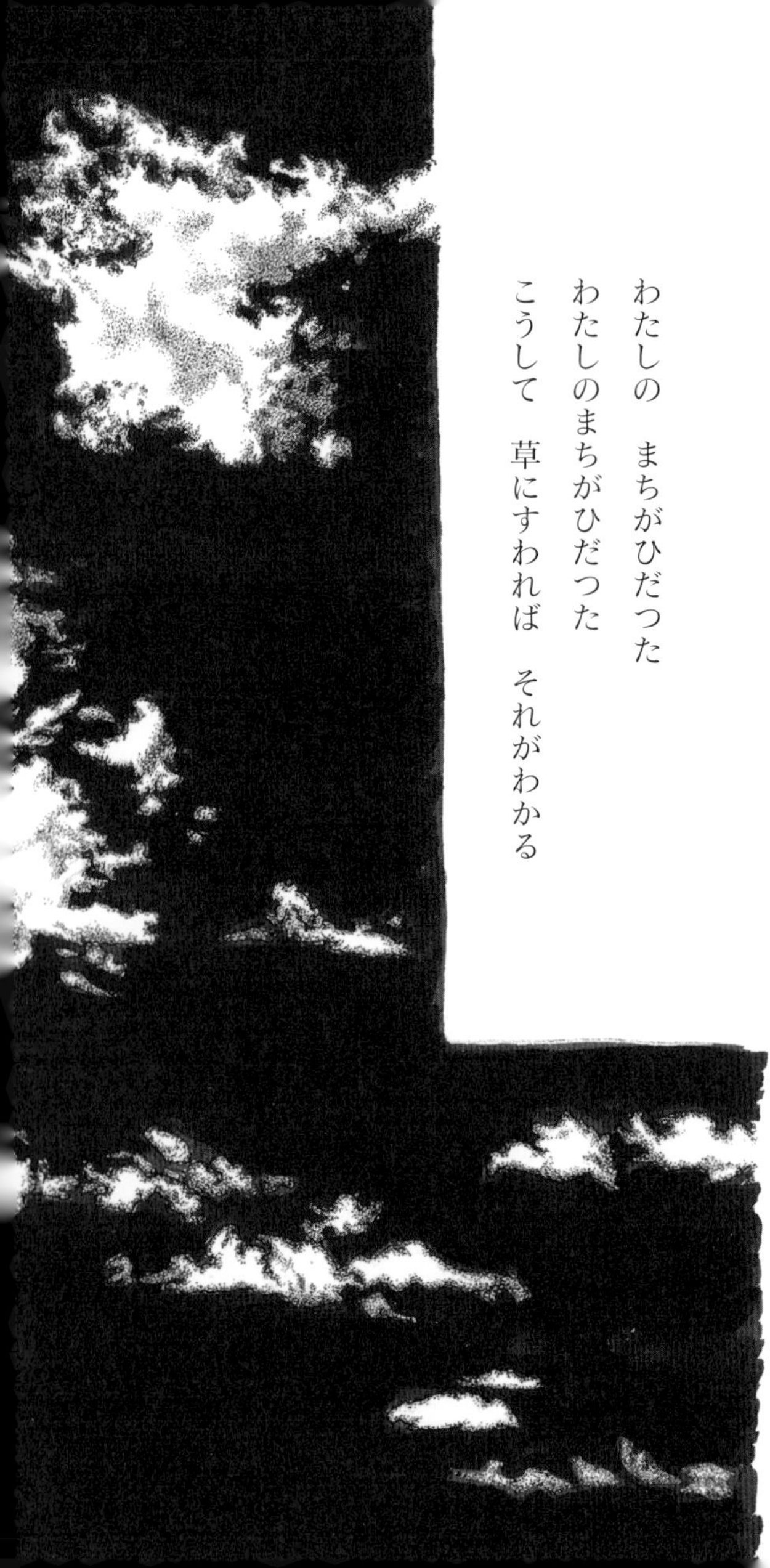

母の瞳

八木重吉

ゆふぐれ
瞳をひらけば
ふるさとの母うへもまた
とほくみひとみをひらきたまひて
かあゆきものよといひたまふここちするなり

花

八木重吉

おとなしくして居ると
花花が咲くのねつて　桃子が云ふ

虫

八木重吉

虫が鳴いてる
いま　ないておかなければ
もう駄目だというふうに鳴いてる
しぜんと
涙をさそはれる

素朴な琴

この明るさのなかへ
ひとつの素朴な琴をおけば
秋の美くしさに耐へかね
琴はしづかに鳴りいだすだらう

八木重吉

雨

八木重吉

雨は土をうるほしてゆく
雨といふもののそばにしやがんで
雨のすることをみてゐたい

雨

八木重吉

雨のおとがきこえる
雨がふつてゐたのだ

あのおとのようにそつと世のためにはたらいてゐよう
雨があがるようにしづかに死んでゆこう

八木重吉（一八九八―一九二七）は敬虔なクリスチャンの詩人です。純粋で、雑音のない短詩は、唇から洩《も》れ出た信仰告白のようです。けれどもクリスチャンでない読者にも、心にしみいるようなものがあります。

重吉は東京府堺村（現在の町田市）のかなり裕福な農家の次男に生まれ、千葉県の東葛飾中学などの教師となりました。詩人たちとの交友はほとんどなく、ひっそりと詩作した人です。したがってその詩には、一切のてらいもなければ、時代思潮に迎合するところもありません。二十九歳で肺結核のため夭折《ようせつ》しましたが、生涯に一冊だけ『秋の瞳』（一九二五年）という詩集を出しました。

「草に　すわる」は『秋の瞳』より。世の中には、「わたしのまちがいだった」というように自分の非を認める生き方とは、無縁の人のほうが多いような気がします。証拠を突きつけられて、やっと「遺憾であります」と言う人もいます。しかしたやすく自分の非を認めるということは、なかなか楽には生きられない人だということです。「草にすわれば　それがわかる」というのは、キリスト教というよりは広く自然神を信仰していたようにも私には思えるのです。

「母の瞳」以下は最後の一篇をのぞいて『貧しき信徒』（一九二八年）より選びだしました。この「母」は古里の母ですが、詩人の胸の中では、聖母マリアのほほえみをたたえた母です。

重吉はつつましく温かい家庭をもちました。「花」の詩の中の「桃子」は長女です。花々とお話のできる妖精のような少女は、父亡き後、十代で結核のために夭折したといいます。

「虫」。秋たけなわのころでしょうか。「いま ないておかなければ／もう駄目だというふうに」鳴く虫の一生懸命さに、詩人は感涙をもよおすのです。自分もいま詩を書かなければ、詩を通じて神を讃えなければ、と思わされたのかもしれません。

「素朴な琴」は重吉の代表作。詩人の心は「素朴な琴」です。それは「秋の美くしさ」に感じやすい琴で、ひとりでに鳴り出し、どんな名手によっても鳴らされることのない妙なる音をたてるのです。この詩も技巧を超えて生まれたというべきでしょう。技巧的な詩の作者だったら、こんなに無防備に「素朴な」とか「美くしさ」とか「しづかに」とか、形容句を重ねたりはしません。しかし、計らいのない詩人の心のように無防備だからこそ、詩が噴出しているのでしょう。

最後の「雨」二篇。重吉は雨が好きでした。天上界からのひそかな便りのようにも、雨を感じていたのではないでしょうか。生きることと、祈ること、詩を書くことが一つにつながっていた稀有な詩人でした。

天

高見　順

どの辺からが天であるか
鳶の飛んでゐるところは天であるか

人の眼から隠れて
こゝに
静かに熟れてゆく果実がある
おゝ　その果実の周囲は既に天に属してゐる

天の声

高見　順

ちようど頭の真上で
飛ぶ鳥が
ちつと言つた
よし分つた
と僕は言つた

全く僕は今まで
不注意だつた
そういう注意に
そういう天の声を
いつも聞きのがしていた

生と死の境には

高見 順

生と死の境には
なにがあるのだろう
たとえば国と国の境は
戦争中にタイとビルマの国境の
ジャングルを越した時に見たけれど
そこには別になにもなかった
境界線などひいてなかった

赤道直下の海を通った時も
標識のごとき特別なものは見られなかった
否　そこには美しい濃紺の海があった
泰緬《たいめん》国境には美しい空があった
スコールのあとその空には美しい虹がかかった
生死の境にも美しい虹のごときものがかかっているのではないか
たとえ私の周囲が
そして私自身が
荒《あ》れはてたジャングルだとしても

黒板

高見 順

病室の窓の
白いカーテンに
午後の陽がさして
教室のようだ
中学生の時分
私の好きだった若い英語教師が
黒板消しでチョークの字を
きれいに消して

リーダーを小脇に
午後の陽を肩さきに受けて
じゃ諸君と教室を出て行った
ちょうどあのように
私も人生を去りたい
すべてをさっと消して
じゃ諸君と言って

高見順（一九〇七―六五）は『故旧忘れ得べき』や『いやな感じ』などを書いた小説家ですが、立派な詩人だったといって差し支えない人です。福井県三国町に私生子として生まれ、翌年東京に移ります。実父は当時福井県知事でしたが、生前父子がまみえることはありませんでした。東大英文科を卒業後、労働組合運動に携わり、検挙されたこともありました。築いた家庭は崩壊し、転向を余儀なくされ、足場を失ったところから高見順の文学は出発したのです。

詩に興味をもったのは、第二次大戦の終戦近くです。詩でなくては表現できないものが、高見順の内部にくすぶっていました。

「天」は第一詩集『樹木派』（一九五〇年）より。天は高いところにあると人びとは言っているが、どのへんを言うのだろう、と作家は素朴な疑問を持ちます。物干し場辺りは天ではないが、と考える視線を枝影にぶら下がっている果物に移します。果物は人が栽培しようと思ったものかもしれませんが、果物が実るということは神のわざであり、自然の摂理です。つまりその辺りは天の領域であるわけです。詩的飛躍というよりは詩的直観といえましょう。

人を超えるものについて思索するのは、一般的にいって小説よりも詩のかたちのほうが適しているようです。

「天の声」は晩年の詩集『わが埋葬』(一九六三年)所収。この詩の「天」には、運命のひびきがあります。病弱で、胃潰瘍、胸部疾患などを患ってきましたが、ついに食道癌という死病にとらわれました。

「生と死の境には」は最後の詩集『死の淵より』(一九六四年)所収。作家には生死の境をさまよっているという自覚がありました。思いは太平洋戦争中の国境へと飛びます。高見順は陸軍報道班員としてビルマ(ミャンマー)や中国に徴用されました。この詩にはそのときの体験が書かれています。国境には美しい空があり、そこに虹がかかりました。ここで詩的飛躍がはたされます。「生死の境にも美しい虹のごときものがかかっているのではないか」というのです。瀕死の人が渾身で見た夢です。願いどおり虹をくぐって、高見順は逝ったと信じることにしましょう。

「黒板」も同じく『死の淵より』中の一篇。作家は病院のベッドの中で詩を書いていました。或る日、病室の陽のあたるカーテンから教室を連想し、追憶にふけります。「黒板消しでチョークの字を/きれいに消して」「じゃ諸君と教室を出て行った」英語教師。あんなふうにさっぱりと、きれいにこの世を立ち去ってゆきたい、と思うのですが、そんなふうには行くはずがないことの苦渋もにじんでいます。けれども「じゃ諸君」というのは心にくいですね。

苦しい唄

林芙美子

隣人とか
肉親とか
恋人とか
それが何であらう――

生活の中の食ふと言ふ事が満足でなかつたら
描いた愛らしい花はしぼんでしまふ
快活に働きたいものだと思つても
悪口雑言の中に
私はいぢらしい程小さくしやがんでゐる。

両手を高くさし上げてもみるが
こんなにも可愛い女を裏切つて行く人間ばかりなのか!
いつまでも人形を抱いて沈黙《だま》つてゐる私ではない。

お腹《なか》がすいても
職がなくつても
ウヲオ!　と叫んではならないんですよ
幸福な方が眉をおひそめになる。

血をふいて悶死したつて
ビクともする大地ではないんです
後から後から
彼等は健康な砲丸を用意してゐる。
陳列箱に
ふかしたてのパンがあるが
私の知らない世間は何とまあ
ピヤノのやうに軽やかに美しいのでせう。
そこで始めて
神様コンチクシヤウと吐鳴りたくなります。

メロン

林芙美子

無理なくめんをして
メロンを買つて
あのひとへ送つたら

あのひとはよその奥様に
「吾机上にメロンあり
君と食べなば楽しからまし」
と真面目に手紙を書くのだ

あのひとの帰り
道の果実屋で五銭の梨瓜を買つて
私は裸になつて
一人で愉しくそれを食べた。

林芙美子（一九〇三―五一）は『放浪記』などで知られる小説家ですが、プロレタリア詩人として出発しました。

生誕地には諸説がありますが、門司市で私生子として生まれたというのが定説です。実父は行商人でした。呉服の競り売りなどで成功し、芸者を家に入れたことから母は芙美子を連れ、二十歳年下の番頭と家出をします。

女学校を卒業後、上京。銭湯の番台、カフェの女給、セルロイド工場の女工などさまざまな職業を転々とし、たくましく生き抜きます。アナーキストの詩人たちと知り、芙美子も詩や童話を書くようになり、出版社に持ち歩きます。木賃宿にも平気で泊まって、流れ歩く日々を描いたのが小説『放浪記』で、ベストセラーとなり、一躍芙美子を流行作家の位置に押し上げました。

「花のいのちは／みじかくて／苦しきことのみ／多かりき」

これは桜島に建っている林芙美子文学碑に刻まれた、あまりにも有名な自作詩です。とくにルンペン・プロレタリアートといってもいい時代の詩には芙美子の苦しい叫び声が充満しています。

「苦しい唄」は詩集『蒼馬《あおうま》を見たり』（一九二九年）の中の代表作ですが、『放浪記』の中に挿入されているいくつかの詩のうちの一つでもあります。知人宅に米をもらいに行ったり、敷布団を屑屋《くずや》に売って焼酎《しょうちゅう》を買ったりした話の間に挟まっています。「詩を書くことがたつた一つのよき慰めなり」などという言葉も見受けられます。そのころは毎日毎日肉体労働をし、疲れて帰ってくると、ただ日記のように文章を綴ったり、詩を書く以外になかった、と後に述懐しています。叩きつけるように書いたのでしょう。

この詩には社会の底辺で、虐げられ、抑圧されて暮らす女の淋しさと怒りがぶつけられています。でも嘆いたり、悪びれたりはしません。不公平だ！と騒ぎ立てる代わりに、「神様コンチクシヤウと吐鳴りたくなります」と自分の言葉で神様に怒鳴る。破れかぶれの快活さのようなものがあって、それに人は励まされます。

「メロン」という詩は『生活詩集』（一九三九年）より。メロンはいまでも高価なものですが、むかしはもっと貴重なものだったでしょう。しかしメロンを贈答用に買えるくらいの暮らしぶりになったのです。メロンを届けた先の男は、それをダシにして人妻を口説くにちがいない、と芙美子は見ています。「梨瓜」はマクワウリの一種です。私は気取って愛人とメロンなんか食べないよ、汁をぽたぽたたらしながら、ひとり裸で梨瓜かじるよ、このほうがずっとおいしい、と負け惜しみを言っています。おかしくてほろ苦い詩です。小説的興趣もあります。

青い夜道

田中冬二

いつぱいの星だ
くらい夜みちは
星雲の中へでもはひりさうだ
とほい村は
青いあられ酒を　あびてゐる

ぼむ　ぼうむ　ぼむ

町で修繕《なほ》した時計を
風呂敷包に背負つた少年がゆく

ぼむ　ぼむ　ぼうむ　ぼむ……
少年は生きものを　背負つてるやうにさびしい

ぼむ　ぼむ　ぼむ　ぼうむ……

ねむくなつた星が
水気を孕《はら》んで下りてくる
あんまり星が　たくさんなので
白い穀倉《こくぐら》のある村への路を迷ひさうだ

くずの花

田中冬二

ぢぢいと　ばばあが
だまつて　湯にはひつてゐる
山の湯のくずの花
山の湯のくずの花

黒薙温泉

新しい沓下

田中冬二

銀行へ出勤《で》てゐて
ふと苛立《いらだた》しい気になることがある
その時私は思ふ
今日私は新しい沓下《くつした》を穿《は》いてゐるのだと
その感情《おもひ》がわづかに悲しい心を
制してくれる

新月

田中冬二

夜の海に釣りあげた黒鯛
その眼に新月がいつまでものこつてゐる

田中冬二（一八九四―一九八〇）は田園や山漁村の風景を濃やかに描き、その詩にははるかな郷愁が漂っています。

冬二は父の任地だった福島市で生まれました。七歳のとき父を失い、上京。十二歳のときには母を失い、母方の叔父のもとに引き取られました。冬二の詩に見られる孤影は少年時のさびしい境遇に拠るものかもしれません。立教中学卒業後、長い銀行員生活を送ります。その間、出雲、大阪、東京、長野、諏訪、郡山の各地に転勤、地方の風物や生活に親しみ、心に残る数々の詩を生み出しました。その人となりは、詩風から察せられるように、温厚で謙譲な紳士だったようです。年譜を見ると、堅実な暮らしを営んだことがうかがえます。

「青い夜道」は、三十五歳のときに刊行した同題の第一詩集より。むかしの絵本の中から、振り子時計の音が聞こえてくる、そんな詩です。「とほい村は／青いあられ酒を　あびてゐる」というのは、村の白い穀倉があられ酒の中に浮いている麹《こうじ》のように見えるということでしょうか。「町で修繕《なほ》した時計を／風呂敷包に背負つた少年」が夜道を歩いてゆきます。そんなこともむかしの村ではあったのでしょうか。

「ぼむ　ぼうむ　ぼむ」。時計がやわらかく時を打ちます。眠たげな音です。それが夢うつつの道で何度も繰り返される。「少年は生きものを　背負つてるやうにさびしい」。少年はコチコチと動いている重たい大きな時計に、ぼくらはどこを歩いてるんだろうね、と語りかけたいような、そんなさびしさの中にいたのかもしれません。

「くずの花」は冬二前期の代表作。ここまで詩を刈り込むのに数年を要したそうです。野良仕事か何かを終えた老夫婦が野天風呂につかっています。「ああ極楽、極楽」とも言わずに黙ってぬくまっています。側には秋の七草の一つ、くずの花が揺れています。「山の湯のくずの花」を二度繰り返すことで、じつにゆったりした時間の流れを描きだしました。「黒薙《くろなぎ》温泉」は黒部川支流の黒薙川下流にある富山県の温泉です。

「新しい沓下」は銀行員生活に取材した詩。「銀行へ出《で》勤てゐて／ふと苛立《いらだた》しい気になることがある」。珍しく生な言葉が出てきます。詩人は「今日私は新しい沓下《くつした》を穿《は》いてゐるのだ」というすがすがしい感情でもって、苛立たしさを制したというのです。会社員時代、時々私はこの詩を思い出しました。新しい靴下を買わなくちゃ、なんて思ったものです。『海の見える石段』(一九三〇年)所収。

「新月」は後期の代表作で、詩集『葡萄《ぶどう》の女』(一九六六年)より。黒鯛《くろだい》の眼に残る新月を描いて、非情な美を現出しました。

シジミ

石垣りん

夜中に目をさました。
ゆうべ買つたシジミたちが
台所のすみで
口をあけて生きていた。

「夜が明けたら
ドレモコレモ
ミンナクツテヤル」

鬼ババの笑いを
私は笑つた。
それから先は
うつすら口をあけて
寝るよりほかに私の夜はなかつた。

くらし

石垣りん

食わずには生きてゆけない。
メシを
野菜を
肉を
空気を
光を
水を
親を

きようだいを
師を
金もこころも
食わずには生きてこれなかつた。
ふくれた腹をかかえ
口をぬぐえば
台所に散らばつている
にんじんのしつぽ
鳥の骨
父のはらわた
四十の日暮れ
私の目にはじめてあふれる獣の涙。

水　槽

石垣りん

熱帯魚が死んだ。
白いちいさい腹をかえして
沈んでいった。

仲間はつと寄ってきて
口先でつついた。
表情ひとつ変えないで。

もう一匹が近づいてつつく。
長い時間をかけて
食う。

これは善だ、
これ以上に善があるなら……
魚は水面まで上がってきて、 いった。
いってみろよ。

子守唄

石垣りん

いちにち
ひと晩
いちまいの闇をかぶって人は寝た。

ふつか
ふた晩
二枚の夜を重ねて人は夢みた。

十日
百晩
千枚の布団をかける眠りの深さ。

衿カバーをはずすと土がこぼれる
その朝まで。

おやすみ　にぎやかに
にぎやかに　おやすみ。

石垣りん（一九二〇―）は人の暮らしやいのちを見据え、分かりやすい言葉で詩を書きつづけてきました。

東京に生まれ、四歳で母と死別しました。次の継母も病死し、なんと四人の母をもちました。十四歳で丸の内の銀行に入社、定年まで四十一年間勤務。その間、職場の労働組合運動に参加し、勤労詩人として出発したのです。

「シジミ」は詩集『表札など』（一九六八年）の中の一篇で、よく知られている詩です。シジミを買ってきて、砂を吐かせるために水を張った器の中に一晩入れておきます。するとシジミはくつろいで、うっすら口をあけます。こんなかわいいものを食べてしまう私は鬼ババだと、詩人は思うのです。だから鬼ババの言葉をしゃべります。「夜が明けたら／ドレモコレモ／ミンナクツテヤル」と。さて夜が明けるまで、詩人は「うつすら口をあけて」眠ります。シジミも人も同じ生きものなのです。罪深さ、悲しさ、やりきれなさがありますが、自分もまた死にゆく者だと、詩人は思ったにちがいありません。

「くらし」という詩も同じく『表札など』に収められています。この詩も、生きてゆくためには鬼ババのように、何もかも喰いちらかさねばならない悲しみを描いています。「シジミ」の詩とテーマを一にするものだと思います。

「食わずには生きてゆけない。／メシを／野菜を／肉を」。ここまではまあ普通のことですが、女性が「食べずには」と書かずに「食わずには」と書き、「ごはん」ではなくて「メシ」と書く。なりふりをかまってなどいられないのです。つづいて「空気を／光を／水を」と抽象的になります。その次の進展が迫力がありますʼ。「親を／きょうだいを／師を／金もこころも／食わずには生きてこれなかつた。」親を食うとは、子としての自分の存在が親の身も心もくだいてしまう、ということでしょう。きょうだいや師を踏台にすることもあるかもしれない。金を食うとは金食い虫に、こころを食うとは、鬼になることでしょうか。

「水槽」は詩集『略歴』（一九七九年）所収。この詩も鬼ババのテーマの延長上にあります。「子守唄」も同書より。「いちにち／ひと晩」が「ふつか／ふた晩」になり、やがて「十日／百晩／千枚」と数え唄のようです。こうして人は定められた日数の夜を眠ります。「衿カバーをはずすと土がこぼれる／その朝まで」とは、土の布団をかぶされる朝まで、ということです。こういう調べの詩だと、いつか綿の布団が土に変わるのも、恐ろしくはないように思えます。湿っぽくなんかありません。むしろ、からっと明るい声です。

「おやすみ　にぎやかに／にぎやかに　おやすみ。」

石垣りんさんのきれいな透明な声が聞こえてくるようです。笑顔の素敵な詩人です。

あとがき

日本語の貴重で純粋な財産ともいうべき詩が、こんなふうにきれいな本に編まれました。アンソロジーというよりは、詩華集と呼びたい。黙読するだけでなく、時にはひとふし声に出して読んでみてください。名詩といわれるほどの詩はそのたびごとに新しい生命を得て、何度でも甦《よみがえ》ります。ここには私の胸にひびいた詩、いまでも鳴っている詩ばかりを収めました。

文語あるいは口語の自由詩ばかりですが、行分けのものが殆どです。詩の歴史の上でこういう形式がいつごろから出てきたのかといえば、驚くなかれ、江戸時代からなのです。漢詩に対するものとして、「和詩」と呼ばれました。その中でもっとも優れ、自由詩の源泉とも見なされる作品は、俳人・与謝蕪村の「北寿老仙をいたむ」です。本文には取り上げませんでしたが、これはぜひ味わっていただきたい詩なので、以下に最初の部分を引いておきます。

君あしたに去《さり》ぬゆふべのこゝろ千ゞ《ちぢ》に
何ぞはるかなる

君をおもふて岡のべに行《ゆき》つ遊ぶ
をかのべ何ぞかくかなしき
蒲公《たんぽぽ》の黄に薺《なづな》のしろう咲《さき》たる
見る人ぞなき

なんとも不思議なことに明治を飛び越えて、近代的な新しいポエジーがここに突然変異のように噴出しています。哀切にして甘美なひびきを聞いてください。

ここに収めた五十四篇の詩は、幅広い層の人たちに親しまれたものが多いのですが、中には初めて目にする詩もあるかもしれません。たとえば小説家・林芙美子の詩。その直截《ちょくせつ》的な声、捨て身の力は、遡《さかのぼ》れば歌人・与謝野晶子の詩「君死にたまふことなかれ」に見いだされるものです。晶子の詩のほうが七五調だけに端正ではありますが、この詩も本文に収録しなかったので、第一連のみ次に掲げることにしましょう。

あゝをとうとよ、君を泣く、
君死にたまふことなかれ、

末に生れし君なれば
親のなさけはまさりしも、
親は刃《やいば》をにぎらせて
人を殺せとをしへしや、
人を殺して死ねよとて
二十四までをそだてしや。

魂の叫びに他ならない詩がある一方で、古語や雅語をもちいた絢爛《けんらん》たる詩、啓蒙を目的とする詩が明治時代には書かれました。

大正・昭和の詩人たちは自分の詩的真実をうたうために、やがて口語自由詩という型のない原野へ旅立っていったのです。それがどんなに苦難に満ちた旅だったかは、本文中の解説に記した通りです。

詩人たちとのいい出会いがありますように、そしてあなたの心の財産がより豊かなものになりますように——。

高橋順子

二〇〇四年八月一日

日本の名詩を読みかえす

2004年10月15日　第1刷発行

編・解説　高橋順子
絵　ながたはるみ（北原白秋、萩原朔太郎、山村暮鳥、宮沢賢治、八木重吉）
葉祥明（三好達治、立原道造、高見順）
林静一（中原中也、丸山薫、田中冬二）
装　幀　野崎麻理
カバー・扉・目次画　葉祥明
発行者　首藤知哉
発行所　株式会社いそっぷ社
〒146-0085
東京都大田区久が原5-5-9
電話　03（3754）8119
印刷・製本　大日本印刷株式会社

ISBN4-900963-26-7　C0095
定価はカバーに表示してあります。